VENTE

des 4 et 5 Juin 1901

HOTEL DROUOT, SALLE N° **11**

à deux heures

BON MOBILIER

OBJETS D'ART, BRONZES

TABLEAUX

COMMISSAIRE-PRISEUR

Mᵉ Paul CHEVALLIER

10, rue de la Grange-Batelière

CATALOGUE

D'UN

BON MOBILIER

MEUBLES DE SALON EN BOIS DORÉ

SALLE A MANGER EN CHÈNE SCULPTÉ

COMMODES, CONSOLE, VITRINE, BIBLIOTHÈQUE

Bronzes d'Art et d'Ameublement

OBJETS DE VITRINE, ARGENTERIE, MINIATURES

ÉVENTAILS, OBJETS VARIÉS

Porcelaines, Faïences, Biscuits

TABLEAUX ET AQUARELLES

Importante Composition par Ph. de CHAMPAIGNE

Tapis, Rideaux, Tentures

MOBILIER COURANT

Le tout appartenant à Madame X...

ET DONT LA VENTE AURA LIEU, POUR CAUSE DE DÉPART

HOTEL DROUOT, SALLE N° 11

Les Mardi 4 et Mercredi 5 Juin 1901

à deux heures

COMMISSAIRE-PRISEUR

Mᶜ PAUL CHEVALLIER, 10, rue Grange-Batelière

EXPOSITION PUBLIQUE

Le Lundi 3 Juin 1901, de 1 heure 1/2 à 5 heures 1/2

CONDITIONS DE LA VENTE

La vente sera faite au comptant.

Les acquéreurs payeront *dix pour cent* en sus des prix d'adjudication.

Paris.— Imp. de l'Art, E. Moreau et Cie, 41, rue de la Victoire.

DÉSIGNATION

AQUARELLES

ALACON (F.)

1 — *La Petite Modiste.*

ARGENCE

2 — *La Chanson d'autrefois.*

3 — *Une Bonne nouvelle.*

CALMANT

4 — *Fleurs dans un verre.*

CONDAMY (De)

5 — *L'Éducation du chien.*

6 — *Cavalier sous bois.*

7 — *Cavalier et chien sur une route.*

8 — *L'Amazone.*

9 — *Chevaux à l'écurie.*

10 — *Levrier sautant un mur.*

11 — *Clown et chiens.*

FLAMENG (François)

12 — *Grenadier et Dames dans un parc.*
Cadre en bois sculpté.

PAVY (A.)

13 — *Types algériens.*

14 — *Charmeuses de serpents à Constantine.*

TILLY

15 — *Vieille Femme prenant une tasse de café.*

16 — *Femmes épluchant des légumes.*

17 — *Vieilles Femmes près d'un poêle.*

18 — *La Lecture du journal.*

TOCHÉ (Charles)

19 — *Le Fils des Soleils.*

20 — *Le Charmeur d'oiseaux.*

21 — *Intérieur d'Église.*

TABLEAUX

MALBET (L.)

22 — *Conseil tenu par les rats.*

PAIN (Hipp.)

23 — *Femme orientale portant son enfant.*

PAVY (Eug.)

24 — *Vue d'un port en Orient.*

VAN WYCK
(DEUX PENDANTS)

25 — *Paysages.*

CHAMPAIGNE (Ph. de)

26 — *Adam et Ève retrouvant le corps d'Abel ; fond de paysage.*

Importante composition.

BRONZES
D'ART ET D'AMEUBLEMENT

27 — Statuette de femme ailée, en bronze doré, sur base en onyx.

28 — Deux portes-fleurs, bronze doré et cristal.

29 — Coupe, en bronze doré et argenté, décorée d'un sujet d'après l'antique.

30 — Groupe en bronze, par *A. Gaudez* : le Duo champêtre.

31 — Petit buste de femme, bronze argenté.

32 — Deux statuettes en bronze : Satyre et Bacchante.

33 — Coupe, à deux anses, en bronze argenté. *Maison Barbedienne.*

34 — Statuette en bronze, par *Fuilland* : Gamin parisien.

35 — Statuette en bronze, par *Szezeblewski* : Pê-
cheuse.

36 — Petit buste de femme en bronze, par
H. Godet.

37 — Statuette en bronze, par *Szezeblewski* :
Marin et mousse.

38 — Buste de femme en bronze. Signé : *S. Per-
ron*.

39 — Groupe en bronze, par *Carrier-Belleuse* :
Femme et enfants.

40 — Buste de nègre jouant de la guitare, par
Blot.

41 — Chien en bronze, par *Frémiet*.

42 — Brûle-parfums, de forme carrée, bronze
japonais.

43 — Deux brûle-parfums, bronze japonais, à
couvercles surmontés de chimères.

44 — Figurine d'enfant en bronze doré, par *Aug.
Moreau*.

45 — Groupe en bronze, d'après Clodion : Nymphe, satyre et enfants.

46 — Deux vases, en forme d'urnes, en bronze.

47 — Groupe de trois jockeys, en bronze, par
J.-B. Van Heffen.

48 — Statuette en bronze : ceinture dorée, par d'*Épinay*.

49 — Statuette en bronze, par *J. Dorval* : Diane.

50 — Statuette, de divinité chinoise, en bronze.

51 — Deux paires de candélabres, bronze argenté.

52 — Deux flambeaux, bronze argenté.

53 — Petite table-étagère en cuivre poli; dessus en onyx.

54 — Lustre, bronze et cristaux.

55 — Deux lampes, bronze, disposées pour le gaz; décor de feuillages.

56 — Lampe, porcelaine de Chine, montée en bronze.

57 — Deux chenets, style Louis XVI, avec galerie en bronze.

58 — Porte-pelles garni, en bronze.

PORCELAINES, FAIENCES
BISCUITS

59 — Groupe dè deux personnages en porcelaine. Genre Saxe.

60 — Deux potiches, porcelaine d'Allemagne :
Scènes champêtres et fleurs sur fond vert.

61 — Service à thé en porcelaine de Saxe :
théière, sucrier, pot à lait, six tasses, six soucoupes.

62 — Deux petits vases pots-pourris, porcelaine
décorée, à fleurettes en relief.

63 — Trois bonbonnières variées, porcelaine
décorée.

64 — Chimère en blanc de Chine, montée en
bronze.

65 — Deux candélabres, à quatre lumières, en
porcelaine décorée. Genre Saxe.

66 — Deux figurines : Jardinier et jardinière,
porcelaine. Genre Saxe.

67 — Deux groupes en biscuit : Femmes et enfants.

68 — Deux petits bustes de femmes, biscuit de
Sèvres.

69 — Groupe en biscuit : le Serment.

70 — Chien en biscuit.

71 — Groupe en biscuit : Enfant à la cage.

72 — Groupe en biscuit : Nymphe et satyre.

73 — Deux grands vases, à anses, en faïence moderne. Genre italien.

74 — Pichet en faïence de Rouen.

75 — Deux petites potiches, faïence de Delft.

76 — Environ trente pièces, faïence : vases, tasses et soucoupes, salières, assiettes, etc.

OBJETS VARIÉS

77 — Petit sucrier ovale en argent repoussé. Travail hollandais.

78 — Calice en argent. Style Renaissance.

79 — Gobelet en argent gravé; décor de feuillages.

80 — Petite coupe ovale en argent, à cannelures.

81 — Coupe, à anse, en argent repoussé.

82 — Environ vingt pièces en argent : montres, bonbonnières, mandolines, cuillères, cachets, modèle de chaise, fermoirs, etc. (Sera divisé.)

83 — Environ vingt-cinq miniatures anciennes et modernes. (Sera divisé.)

84 — Un lot de netzukés et groupes en ivoire japonais. (Sera divisé.)

85 — Groupe en terre cuite, par *Mercié :* « Gloria Victis. »

86 — Statuette en terre cuite, par *Bourgoin :* Baigneuse.

87 — Deux vases, émail cloisonné, fond bleu.

88 — Baromètre Louis XVI, bois sculpté et doré, à fronton.

MEUBLES ET SIÈGES

89 — Meuble de salon, en bois doré, couvert en velours ciselé marron ; il se compose d'un canapé, deux fauteuils et deux chaises.

90 — Deux bergères, bois doré, style Louis XVI, couvertes en soie brochée, à fleurs.

91 — Deux chaises, bois doré, couvertes en soie brochée, fond bleu.

92 — Chaise légère, bois doré, style Louis XVI, couverte en tapisserie au point.

93 — Deux chaises-caqueteuses, noyer ciré.

94 — Deux escabeaux, bois sculpté. Style italien.

95 — Table, de style Renaissance, en noyer.

96 — Bergère, de style Louis XVI, en bois peint blanc, couverte et avec coussin en tapisserie au point, à fleurs.

97 — Fauteuil, de style Louis XVI, bois peint blanc, couvert de tapisserie au point, à fleurs sur fond jaune.

98 — Trois fauteuils variés, bois peint blanc. Style Louis XVI.

99 — Grand fauteuil, de style Louis XIII, couvert en tapisserie au point.

100 — Mobilier, de salle à manger, en chêne composé d'une table, un grand buffet à deux corps sculpté, un petit buffet-étagère et douze chaises couvertes en panne rouge.

101 — Petit buffet, à crédence, en chêne sculpté, style gothique, surmonté d'un dais.

102 — Deux fauteuils à X, en bois sculpté, avec coussins en panne rouge.

103 — Commode Louis XIV, en palissandre, ornée de bronzes.

104 — Commode, de forme bombée, en bois de rose, ornée de bronzes.

105 — Petite commode, à deux tiroirs, en bois de rose et marqueterie, ornée de bronzes.

106 — Petite commode Louis XV, à deux tiroirs, en palissandre, ornée de bronzes.

107 — Petite table à ouvrage Louis XVI, à trois tiroirs, acajou et cuivres.

108 — Vitrine en bois noir incrusté d'ivoire.

109 — Guéridon rond en acajou et cuivre, style Louis XVI; dessus de marbre blanc.

110 — Console, à quatre pieds, de style Louis XVI, en bois doré; dessus de marbre blanc.

111 — Bibliothèque en bois noir et marqueterie de cuivre et d'écaille rouge, ornée de bronzes.

TAPISSERIE

112 — Tapisserie du XVIIIe siècle: Vue de château avec fontaine, volatiles et verdures; bordures de fleurs.